사랑을 묻는 당신에게

정채봉의 「아름답고 지혜로운 사랑」을 위한 메시지

사랑을 묻는 당신에게

정채봉 지음 • 이수동 그림

샘터

이 책을 만난 당신에게

이 책은 '사랑'을 위한
사랑 묶음집입니다.
'아름답고 지혜로운 사랑'을 위한
사랑의 책이지요.
사랑이 아름다워지기 위해서는
지혜가 필요합니다.
여기에 당신의 사랑을 가꿀
별빛 같은 '사랑의 기술'을
모아 보았습니다.
당신만의 향기와 숨결을 날실로
이 사랑의 기술을 씨실로
아름다운 사랑을 엮어 보셔요.

사랑을 묻는 당신에게

사람이 '사랑'을 그만두는 날은
살아가는 에너지도 끝나는 날입니다.
사람의 삶은 사랑,
그 자체입니다.
바다에서, 강에서, 숲 속에서
물고기와 날짐승과 들짐승과도
금세 친해지고
돌멩이 하나
풀꽃 하나에도 드는 정이
곧 사랑입니다.
당신이 가는 생의 굽이굽이마다
당신의 사랑도 굽이굽이집니다.
사랑으로 인해 가슴 떨면서

상심하여 눈물 흘리지만
사랑을 만날 때마다
새로운 세계를 만나며
그러면서 성장해 갈 것입니다.
'사랑의 길'은
결코 탄탄대로일 수 없습니다.
솔향기 흐르는
숲으로 난 오솔길이 사랑입니다.
걸림돌도 있고
산도 강도 건너야 합니다.
이 머나먼 사랑의 여로를 거쳐 가는
당신에게
길을 알리는 별이 되고자 합니다.

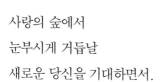

사랑의 숲에서
눈부시게 거듭날
새로운 당신을 기대하면서.

새해 새날에
정채봉

| 차례 |

작가의 말 | 사랑을 묻는 당신에게 · · 7

첫째 마당 사랑아, 네 이름을 부른다

사랑 · · 16   나를 부르는 사랑의 소리 · · 17
사랑의 손짓은 아지랑이처럼 · · 18   사랑하고 사랑받을 채비 · · 20
사랑의 첫 음성, 나에게 내리는 내 온정의 목소리 · · 21
정채봉의 마음의 창 · · 22   내 마음의 창 · · 23   사랑이란? · · 24
'사랑'이란 이름이 지닌 마력 · · 25
사람을 변화시키는 변신술사 · · 26
사람을 취하게 만드는 최면술사 · · 27
사랑의 프리즘을 통해 본 세상 풍경 · · 28
내 짝꿍을 알아볼 수 있는 비결 · · 30   사랑의 엄선주의자 · · 31
아무리 외로워도 아무리 슬퍼도 · · 32
날카로운 비수와도 같은 결단으로 · · 34   정채봉의 마음의 창 · · 35

둘째 마당 사랑이 찾아올 때

스무 살 · · 38   사랑은 어떻게 오는가 · · 39   어느 날 불현듯 · · 40
그를 처음 본 순간 · · 41   사랑의 시작 · · 42
손을 내밀 수 있는 참다운 용기 · · 44
제한 연령 없는 사랑의 나이 · · 45   잘못된 사랑의 조건 · · 46

첫사랑 통과 의례 · · 47　　첫사랑 · · 48　　사랑의 눈높이 맞추기 · · 51
사랑법 첫째 · · 52　　마음의 문, 빗장 열기 · · 53
비껴가 버린 사랑 이야기 · · 54　　정채봉의 마음의 창 · · 55

셋째 마당　사랑할 때, 사랑의 기술

내가 지금 당신을 사랑하는 것은 · · 58
한 계단씩 오르는 사랑의 탑 · · 60　　이해의 손길 · · 61
패튜니어 같은 사랑 · · 62　　가슴이 비슷한 사람끼리 · · 63
따로 있는 시간, 사랑이 숨 쉬고 성장할 틈 · · 64
'사랑'은 '나만의 방'을 가진 이에게 · · 65
나만이 채울 수 있는 나의 외로움의 우물 · · 67
정채봉의 마음의 창 · · 68　　'사랑의 밥' 뜸 들이기 · · 69
'그리움의 뜸' 들이기 · · 70　　사랑의 팀워크, 서로를 '잘 알기' · · 72
사랑의 동심원, 마음 지수 맞추기 · · 74
사랑은 '소유'가 아니라 '자유' · · 75　　사랑의 5계명 · · 77
오해의 산봉우리 · · 79　　정채봉의 마음의 창 · · 80
사랑을 시샘하는 병에 대한 처방전 · · 81
오르페우스의 사랑 이야기 · · 82　　사랑의 밀도 · · 85
'예쁜 사랑 만들기'에 관한 오해 · · 86
번뇌의 거름을 먹고 자라는 나무 · · 88　　힘든 사랑에 대하여 · · 89
가시나무 · · 91　　사랑의 금지 구역, '상대의 방' 존중하기 · · 93
장미 전쟁 · · 94　　사랑의 악센트, 서로의 다른 점 · · 96
꿈과 사랑의 관계 · · 98　　둘이 함께 꾸는 꿈 · · 99
한 그리움이 다른 그리움에게 · · 100
'나'가 없으면 '사랑'도 없다 · · 102　　헌신은 미덕이 아닌 함정 · · 103
사랑에는 무임승차가 없다 · · 104　　나만의 사랑의 화초 키우기 · · 105

'사랑'을 닮은 꽃, 러브 체인 ‥106   사랑의 주춧돌, 신뢰 쌓기 ‥108
내 사람 만들기 ‥109   사랑과 우정 사이 ‥110
전기뱀장어 된 날 ‥111   스킨십과 마인드 십 ‥112
여섯 줄의 시 ‥114   사랑의 양념, 분위기 메이킹 ‥115

넷째 마당 **사랑의 심술**

아름다운 사람 ‥118   변덕쟁이 사랑의 날씨 ‥119
케이스 바이 케이스 법칙 ‥121   사랑의 장님 근성 ‥122
사랑과 미움 사이 ‥123
사랑의 고약한 심보, 미움의 고갯길 넘기 ‥124
정채봉의 마음의 창 ‥126   내 마음의 창 ‥128
사랑의 5단계 ‥129   시험하기 좋아하는 사랑의 심술보 ‥131
큐피드와 프시케의 사랑 이야기 ‥133
천국과 지옥 사이 상처와 기쁨의 쌍곡선을 넘어 ‥136
사랑의 줄다리기 ‥137   때로는 맞불 작전, 때로는 후퇴 작전 ‥139
사랑의 저울 심리 ‥140   슬픈 노래 ‥142
아이가 되는 사랑의 마음 ‥144   여자의 심보 ‥146
모성 콤플렉스 ‥148   남자의 심보 ‥149   부성 콤플렉스 ‥151
아담과 이브의 속마음 알기, 사랑의 지름길 ‥153   아담에게 ‥155
이브에게 ‥157   그 말이 나는 잊히지 않는다 ‥159

다섯째 마당 **응달에 핀 사랑의 꽃**

가을 편지 ‥162   혼자 하는 사랑 ‥163
주변에서 반대하는 사랑 ‥165   외사랑을 하는 당신에게 ‥166

짝사랑을 하는 당신에게 ·· 168   금 밖의 사랑 ·· 169
이룰 수 없는 사랑 ·· 171   내 마음 아실 이 ·· 172

여섯째 마당 ## 사랑이 강을 건널 때

낙화 ·· 176   사랑이 퇴색할 때 ·· 178   사랑의 갈림길 ·· 179
이별 연습 ·· 180   사랑을 잃었을 때 ·· 181
새날과 새 사랑이 밖에 있어요 ·· 183
거저 준 것을 잊어버리기 ·· 184   상처를 지우기 ·· 186
하늘에 묻은 추억 무덤 ·· 187   미련한 자만이 미련을 갖는다 ·· 188
나만이 어루만질 수 있는 나의 상처 ·· 189   혼자만의 시간 ·· 190
사랑 ·· 191   새로운 시간을 향하여 ·· 195
정채봉의 마음의 창 ·· 196
새는 날아가면서 뒤돌아보지 않는다 ·· 197   내 마음의 창 ·· 199

일곱째 마당 ## 사랑이 울창한 숲으로

정(情) ·· 202   끊을 수 없는 인연을 깁는 '연민' ·· 203
곰보딱지 사랑 ·· 204   마음의 버팀목 ·· 206
내 영혼이 쉴 자리, 마음의 고향 ·· 207
언젠가 우리가 헤어질 사랑의 종점 ·· 208
나의 완성을 위한 통로, 사랑의 숲 ·· 211
완전한 사랑에 관한 꿈 ·· 212   깊고 어둡고 아름다운 사랑의 숲 ·· 214
내가 하고 싶은 '사랑'에 관한 말들 ·· 215

정채봉 연보 ·· 217
이수동 약력 ·· 220

사랑아, 네 이름을 부른다

당신은 '사랑의 문(門)' 앞에 섰습니다.
'사랑'의 음성을 듣고
그의 이름을 부를 때입니다.
당신의 가슴 저 깊은 데에서 우러나오는
당신의 모습 그대로, 진심을 다해
'사랑의 이름'을 부르셔요.

사랑

— 한용운

봄물보다 깊으니라
가을 산보다 높으니라.
달보다 빛나리라
돌보다 굳으리라.
사랑을 묻는 이 있거든
이대로만 말하리.

나를 부르는 사랑의 소리

사랑하게 되었다구요?
감미로우면서 떨리고
한편으로는 부정하고 싶은
이 당혹스러운 감정의 엇갈림…….
이를 두려워 말고 마음을 다해 기뻐하셔요.
당신도 어느덧 사랑을 알 때가 되었으니까요.
당신을 부르는 '사랑의 소리'가
이제 당신 마음의 창문턱을 넘었으니까요.

사랑의 손짓은 아지랑이처럼

사랑의 손짓이 보이나요?
아지랑이처럼 아른거리면서
아아, 실루엣을 드러내지 않으면서
지워지지 않고
꿈틀대는 아늑한 기운.
몸과 마음도 아지랑이처럼 꿈틀거리면서
온몸과 온 마음으로
사랑의 여린 기운을 맞아 보셔요.
문득 봄이 다가온 느낌,
이는 '사랑의 손짓'입니다.
지금 당신의 가슴속에 바람이 붑니다.

사랑하고 사랑받을 채비

철부지로 보이던 그가 어느 날 늠름하게 보이고
말괄량이로 보이던 그 애가 어느 날 새침해 보이고
갑자기 가슴이 울렁거리는……
당신은 낯선 감정의 물결침에 놀랍니다.
자신과 다른 이성(異性)을 느끼면서
숨 가쁘게 하는 연정에 눈뜨는 것,
당신은 사랑하고 사랑받을
첫 채비를 하게 된 거랍니다.

사랑의 첫 음성, 나에게 내리는 내 온정의 목소리

사랑을 하고 싶은 당신,
사랑의 첫 음성을 들려줄 대상을 찾나요?
그 첫 대상은 우선 당신 스스로여야 합니다.
자신을 진정으로 사랑할 줄 아는 사람이
남도 사랑할 수 있고, 사랑받을 수 있으니까요.
당신이 당신에게로 온정의 손길을 뻗는 순간,
당신이 모르고 있던
당신의 가치들이
숨겨져 있던 보물처럼 발견되고
은밀하게 숨을 쉬면서
비로소 생명을 얻게 될 거예요.
당신은
이제 사랑의 문을 열어도 좋습니다.

정채봉의 마음의 창

이성(異性)을 자신과 다른 성(性)으로 느끼게 되는 것,
이성에게 사랑의 감정을 품는 것은
아주 자연스러운 인간의 본성입니다.
세상을 살아가는 사람이라면
누구라도 한번쯤 사랑의 과업을 치러야 할
인생의 문(門) 앞에 서게 됩니다.
겁내지 마셔요.
사랑을 통해
당신 스스로를 더 잘 알게 되고
당신의 인생을 완성시켜 나갈 테니까요.
사랑이란
인간의 숙명이며
당신이 치를 인생의 몫 중에
가장 소중한 것이랍니다.

내 마음의 창

이 지상 위에 살다 가는 일 중에서
가장 값지고 소중한 일인 '사랑'.
당신은 혹시 사랑을 너무 쉽게,
너무 가볍게 여기고 있지는 않았나요?
자신의 사랑관에 대해 뒤돌아보고 다시 점검해 보셔요.
사랑은 자동차와 같습니다.
먼 길을 떠나기 위해서는 점검을 받아야 하지요.

사랑이란?

사랑은 당신을 가장 당신답게 비춰 줄 수 있는 거울.
사랑은 당신을 진정 벌거벗게 하는 태양.
마음이 가난하여 오히려 행복하고
꾸미지 않아도 좋아 마냥 편안한 당신의 둥지.
당신을 거짓 없게 만드는 '사랑'은
당신의 자유와 평화를 넉넉히 일궈 나갈 삶의 텃밭.

'사랑'이란 이름이 지닌 마력

'사랑'이란 이름을 알게 된 당신은 달라지지요.
'사랑'은
당신의 '생에 대한 생각'을 뒤바꿔 놓기도 하고
'생에 대한 자세'마저 고쳐 놓기도 할 거예요.
'사랑'은 당신에게 힘과 용기를,
기쁨과 평안을,
그리고 자신감과 생기를 줍니다.
또 삶을 살맛 나게 해주고
가슴 벅찬 따스함을 품게 해준답니다.
그러나 여기에는 조건이 있답니다.
깨뜨리는 것이 아닌
감싸임일 때 그렇습니다.

사람을 변화시키는 변신술사

아무리 무뚝뚝한 뚝배기 같은 사람도
된장국같이 푸근한 미소를 짓게 합니다.
아무리 툽상스러운 사람도
곰살맞게 아기자기해집니다.
아무리 거칠고 험상궂은 사람도
아가의 미소처럼 티 없이 순해집니다.

아무리 음치인 사람이라도
노랫가락 하루 종일 흥얼거리고 싶은 기분!
슬금슬금 콧노래가 절로 나오죠!
사랑을 하면.

사람을 취하게 만드는 최면술사

사랑에 도취되면,
봄날 라일락의 달콤한 현훈에 어지럼증을 느끼며
골목 어귀에서 멈춰 서듯이
삶의 모퉁이마다
사랑의 향기를 느끼며
아찔한 현기증에 몽롱해집니다.
하지만 약도 되고 독도 되는 술처럼
자칫 판단력을 잃으니
'사랑의 향기'
조심하셔요!

사랑의 프리즘을 통해 본 세상 풍경

'사랑의 프리즘'을 통하여 보면
세상은 무지갯빛으로 영롱하게 채색된
아름다움뿐.
잿빛으로 음울하던 세상의 바탕색을
몽땅 맑고 아름답게 칠해 버리는
요술쟁이 사랑의 프리즘.
세상의 모든 것들이
예사롭지 않게 다가오며,
세상의 모든 것들을
따스한 눈빛으로 눈여기게 되지요.
아아, 사랑의 프리즘으로 보면
바퀴벌레조차도 앙증스럽게 보인다구요!

내 짝꿍을 알아볼 수 있는 비결

'많고 많은 사람 중에
내가 사랑할 사람은 어디에 있는 걸까.
무수한 사람들이 내 주변에 있는걸⋯⋯.'
'내 사랑'을
알아보는 일은
밤하늘 많고 많은 별 무리 속에서
나의 별을 알아보는 것만큼이나
어려운 일이지요.
그 비결은 다름 아닌
당신이 누구이며
무엇을 좋아하는지
무엇을 싫어하는지
당신 자신을 먼저 확인하는 데 있답니다.

사랑의 엄선주의자

어떤 사람을 만나고 사랑하느냐에 따라
사람의 인생이 바뀌기도 합니다.
감정에만 매달려 사랑을 선택한다면
얼음이 언 깊이를 모른 채
얼음장에 발 디뎌 강을 건너는 것처럼 위험합니다.
당신의 속 눈을 크게 뜨셔요.
겉모습에 현혹되어 속단해서도 안 됩니다.
사랑의 선택에 있어서만큼은
엄선에 엄선이 필요한 것이지요.
사랑의 엄선,
사랑의 완성에 다가서는
첫걸음이랍니다.

아무리 외로워도 아무리 슬퍼도

아무리 사랑이 필요하고
아무리 외로워도
자신을 속이고 성급하게
사랑의 이름을 부르면
당신은 참사랑의 기회를 잃을지도 모릅니다.
거짓 사랑으로
당신의 인생을 그르칠 수도 있어요.
억지 사랑도 만들지 마셔요.
사랑은 쟁취가 아니라
사람의 마음을 움직이는 일이니까요.
사람의 마음이
마주쳐야
진실한 사랑을 이룰 수 있지요.

날카로운 비수와도 같은 결단으로

사랑의 선택은
사지 선다형 객관식 시험 문제 모범 답안을
고르는 일이 아니에요.
누구도 대신해 줄 수 없지요.
사람의 선택은
당신이 어떠한 인생을 살 것인가를
결정하는 일입니다.
감정에도 이성에도 치우침 없이
책임 있는 결단을
내려야 하는 것입니다.

정채봉의 마음의 창

사랑을 선택하는 일만큼
중요한 일은 없습니다
그럼에도 흔히들 너무 쉽게
상대를 선택하는 경우가 많습니다.
"사랑은 결심(決心)이며 결의(決意)"
라고 어떤 이는 말했지요.
사랑의 선택은
결단이며 생명입니다.
사랑은 당신의 의지를 결정하고
인생의 중심축을 세우는 일입니다.

사랑이 찾아올 때

당신은 당신의 사랑을 알아볼 수 있나요?
사랑이 찾아올 때,
당신은 당신의 사랑인 줄을 알아보고
마음을 열어 맞이해야 한답니다.

스무 살
― 곽재구

길 가다
꽃 보고

꽃 보다
해 지고

내 나이
스무 살

세상이 너무
사랑스러워

뒹구는
돌눈썹 하나에도
입맞춤하였다네.

사랑은 어떻게 오는가

당신은 백마 탄 왕자님을 기다리나요.
슈퍼 탤런트 같은 미인을 찾고 있나요.
그것은 사랑이 아니라
환상입니다.
또 사랑이 무작정 찾아와 주는 경우는 드물지요.
참 괜찮은 사람인데
제짝을 못 만난 채 살아가는 사람들이 있습니다.
대부분 소극적이고 내성적인 경우가 많지요.
진실한 마음의 문을 열어 둘 때
사랑은 찾아오는 것입니다.
여행을 떠날 때
최상을 바라다가 낭패를 보게 되지요.
차선에서
오히려 만족이 온다는 것을 알아야 한답니다.

어느 날 불현듯

사랑은 예기치 않고
어느 날 불현듯
우리 곁에 옵니다.
마음의 문이 닫힌 사람은
사랑이 자신의 곁을 지나칠 때
제 사랑을 못 알아보고
돌려보내기도 합니다.
마음의 속 눈을 뜬 사람만이
제 사랑을 알아봅니다.
깨어 있으시오!
빈 마음으로.

그를 처음 본 순간

어떤 사람은 자신의 사랑을 알아본 순간
지축이 흔들리는 것 같은 느낌을 받는다고 합니다.
처음 눈이 마주친 순간
처음 마음이 마주친 순간
자기 인생의 전환점 앞에 선 것입니다.
오!

사랑의 시작

문득
그에 대한 생각을 하고 있는 당신.
당신의 생활 켜켜이 파고드는
그와 관련된 생각들…….
풀잎 하나에도 그에 대한 생각이 묻어납니다.
그것은 지금,
사랑이
당신에게로 깃든 증거입니다.

손을 내밀 수 있는 참다운 용기

막연히 사랑이 찾아오기만을 기다리면
우연히 이루어지는 경우도 있지만
오렌지 나무 밑에서 오렌지 떨어질 날
기다리는 것과 같아요.
필연을 만들 수 있는 용기를 가진 자가
사랑을 잡을 수 있습니다.
기회와 운명은 만드는 사람의 것.
실패하는 사람은 눈이 녹기를 기다리며 출발하지만
성공하는 사람은 눈을 다져서 길을 만들어 출발합니다.
지금!

제한 연령 없는 사랑의 나이

로미오, 줄리엣이 사랑에 빠졌던 나이,
열네 살.
춘향이와 이몽룡이 사랑에 빠졌던 나이,
열여섯.
라스트 콘서트에서 사랑에 빠졌던 나이,
스물하고 마흔.
사랑에는 국경이 없다지만
사랑에는 제한 나이도
주책 나이도 없어요.

잘못된 사랑의 조건

이렇게 사랑의 조건을 꼽는 이들이 있죠.
외모는 어때야,
키는 얼마여야,
집안, 직업, 사회적 지위 등등…….
그것은 이미 사랑이라 할 수 없죠.
시장에 이루어지는 물건의 가치 비교를
사랑에도 적용할 순 없잖아요.
사랑은 당신을 뽐내게 해주는,
전시 효과를 위한
액세서리가 아니니까요.

첫사랑 통과 의례

첫사랑은 그렇게 옵니다.
사춘기 소녀의 가슴이
봉긋하게 꽃을 피우듯이
가슴이 저릿거리는 아픔으로,
손끝까지 퍼지는 아릿한 전율로,
식히지 못할 열병의 꽃처럼 그렇게 달아오르는 얼굴로
첫사랑은 그렇게 옵니다.
전설 같은 첫눈의 아득한 기억처럼 남는 첫사랑.
첫사랑의 아픔을 치른 당신은
의연하게 세상을 마주 대하게 됩니다.
첫사랑의 슬픔은 당연한 것이에요.
그 슬픔을 먹고
마침내
사랑은 보다 크게 자라니까요.

첫사랑

— 류시화

이마에 난 흉터를 묻자 넌
지붕에 올라갔다가
별에 부딪친 상처라고 했다

어떤 날은 내가 사다리를 타고
그 별로 올라가곤 했다
내가 시인의 사고방식으로 사랑을 한다고
넌 불평을 했다
희망 없는 날을 견디기 위해서라고
난 다만 말하고 싶었다

어떤 날은 그리움이 너무 커서
신문처럼 접을 수도 없었다

누가 그걸 옛 수첩에다 적어 놓은 걸까
그 지붕 위의
별들처럼
어떤 것이 그리울수록 그리운 만큼
거리를 갖고 그냥 바라봐야 한다는 걸.

사랑의 눈높이 맞추기

'내가 손해 봤어. 밑지는 장사야.'
'내가 더 잘났으니 넌 내 말을 들어야 돼.'
사랑하는 상대를
행여 속으로라도 모욕하지 마셔요.
사랑은 셈으로 따질 수 없는 것.
당신의 사랑하는 상대와
눈높이를 맞추셔요.
높고 낮음이 없는 마음,
그것이 사랑의 마음이랍니다.

사랑법 첫째

— 고정희

그대 향한 내 기대 높으면 높을수록 그 기대보다 더 큰 돌덩이 매달아 놓습니다 부질없는 내 기대 높이가 그대보다 높아서는 아니 되겠기에 기대 높이가 자라는 쪽으로 커다란 돌덩이 매달아 놓습니다

그대를 기대와 바꾸지 않기 위해서 기대 따라 행여 그대 잃지 않기 위하여 내 외롬 짓무른 밤일수록 제 설움 넘치는 밤일수록 크고 무거운 돌덩이 가슴 한복판에 매달아 놓습니다.

마음의 문, 빗장 열기

당신은 자신의 마음은 꼭꼭 닫아걸고
상대의 마음을 엿보며
아근바근하지는 않나요?
사랑은 숨바꼭질하듯
서로의 숨겨진 마음을 찾는 일이 아니에요.
사랑은 열린 마음입니다.
당신의 마음과 상대의 마음이
오고 갈 수 있도록
마음의 문을 열어 두세요.
빛살은 열린 만큼씩만
들어오게 마련이지 않던가요?
바람은 양쪽 창문을 열었을 때
보다 활발히 드나듭니다.

비껴가 버린 사랑 이야기

갑돌이와 갑순이는 서로 속으로 좋아하고 있었습니다.
갑순이는 쑥스러워서 쌀쌀맞게 굴었죠.
갑돌이는
콧대 높은 갑순이가 자신을 놀린다고 생각했죠.
그러나 갑순이는
단지 갑돌이에게로 가는 방법을 몰랐을 뿐이었어요.
갑돌이는 사정이 생겨 다른 여자와 결혼을 했습니다.
돌아올 수 없는 강을 건너가 버린 그를
갑순이는 속으로만 야속하다 생각했지요.

정채봉의 마음의 창

사랑하는 사람들은
서로를 알아볼 수 있어야 합니다.
'속 눈'을 뜨고
'속 귀'를 열어 두어야 합니다.
자신의 사랑을 알아볼 줄 아는
'지혜'와 더불어
서로의 눈을 응시하고
서로의 마음을 응시할 수 있는
'용기'를 가져야 합니다.
참된 지혜와 용기가 함께
'인연의 손'을 맞잡게 합니다.

셋째 마당

사랑할 때, 사랑의 기술

사랑을 하게 된 당신은

사랑의 길목마다

크고 작은 걸림돌들을 만나게 됩니다.

어떻게 그에게 다가가야 할지…….

어떻게 그를 사랑해야 할지…….

사랑의 비법은 없지만

'사랑의 기술'은 필요하지요.

내가 지금 당신을 사랑하는 것은

— 로이 크로프트

내가 당신을 사랑하는 것은
지금 당신이 당신이기 때문에도 그렇지만
당신 곁에서 내가
또 다른 나로 변하기 때문입니다
내가 당신을 사랑하는 것은
내 삶의 목재로, 헛간이 아니라 신전을 짓도록
내가 날마다 하는 일을 꾸중함이 아니라
노래가 되도록 도와주기 때문입니다
내가 당신을 사랑하는 것은
어떠한 신앙보다도 바로 당신이
나를 더욱 선하게 만들었고
어떠한 운명보다도 바로 당신이
더욱 나를 행복하게 만들었기 때문입니다

손도 대지 않고 말 한마디 없이
기적도 없이 당신은 모두 해냈습니다
당신이 자기 자신에게 충실했기 때문에
이 모든 것을 이루어 낸 것입니다
어쩌면 그런 것이
참된 친구인지도 모르겠습니다.

한 계단씩 오르는 사랑의 탑

사랑은 한 계단씩
차근차근 밟고 오르는 탑.
한꺼번에 점프할 생각은 아예 마셔요.
아무리 사랑에 목마르고 배고파도
서두르지 마셔요.
사랑은 밥 짓는 것과 같아요.
쌀을 씻고, 안치고, 열을 들이고, 뜸을 들이고…….
속성의 밥은 문제가 있기 마련이랍니다.

이해의 손길

사랑한다고 말하는 것은
이해한다고 말하는 것보다 쉬울지도 몰라요.
하지만 사랑하는 것은
'상대를 이해하는 것'입니다.
사랑을 위하여서는
보이지 않는 그의 마음을 읽어 주셔요.
그의 가려운 곳을 긁어 주는
당신의 따뜻하고 참된
'이해의 손길'이
어둡고 가팔진 산길에서도
사랑을 안전하게 인도하는
'길눈'이 되어 줄 거예요.

패튜니어 같은 사랑

화려하지도 향기롭지도 않은
보잘것없는 일년생 화초지만
있는 듯 없는 듯 주변에 머무는 꽃.
그래서 마냥 편안한 꽃.
패튜니어의 꽃말,
'당신과 함께 있으면 마음이 편안해집니다.'

가슴이 비슷한 사람끼리

사랑을 할 때는
가슴이 비슷한 사람끼리 만나야 춥지 않습니다.
쌀쌀맞은 사람과 다정다감한 사람이 만나면
정을 먹고 사는 다정한 사람은
가슴이 시려서 못 견디지요.
사랑의 가슴을 맞대는
행복한 순간을 지속시키려면
서로 가슴의 체온을 맞추어야 한답니다.

따로 있는 시간, 사랑이 숨 쉬고 성장할 틈

죽네 사네 하는 사랑하는 사이일지라도
붙어만 있기만 하면 '염증'은 찾아듭니다.
한쪽으로만 누워 있는 환자의 몸에
썩고 짓무르는 욕창이 생기듯이
'사랑'도
'따로 있는 시간'을 필요로 합니다.
또, 사랑에 빠졌을 때는
'자신의 할 일'을 잊어버리는 경우가 많지요.
그렇게 견우와 직녀처럼 놀기만 하다가는
값비싼 대가를 물게 마련이랍니다.

'사랑'은 '나만의 방'을 가진 이에게

혼자 있으면 우울해지고
그 사람에게서 내팽겨쳐진 기분마저 들어
일이 손에 안 잡힌다구요?
에리히 프롬은 '집중할 수 있는 능력',
즉 '홀로 있을 수 있는 능력'이
'사랑의 기술'이라고 합니다.
자신이 자립할 수 없어
혹은 외로움을 견뎌 내지 못해
남에게 집착하고 의지한다면
이는 홀로 서는 능력이 없는 것이며
사랑을 할 수 있는 능력 또한 없는 것이지요.
'나만의 방'을 가꾸는 사람이
자신의 일에 몰두하는 사람이

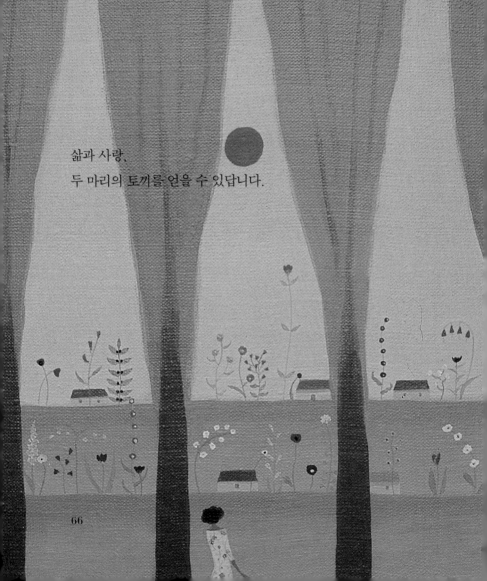

삶과 사랑,
두 마리의 토끼를 언을 수 있답니다.

나만이 채울 수 있는 나의 외로움의 우물

사람에게는

남에 의해 채울 수 있는 외로움이 있고,

남이 도저히 채워 줄 수 없는 외로움이 있답니다.

악을 써봐도 남이 들을 수 없는

나만의 말들이 있죠.

태어나면서부터 죽음에 이르기까지

자신만이 채울 수 있는 외로움의 존재를 인정할 때

당신의 사랑은 한층 넉넉해집니다.

우물을 보셔요.

홀로 채우며 홀로 넉넉합니다.

정채봉의 마음의 창

'밑이 길면 매력이 없다'는 속담이 있지요.
외로움이 헤프면 추해집니다.
사랑의 갈증을 남길 줄 아는 사람
그리움을 싹 틔울 줄 아는 사람
적당한 선에서 떨치고 일어나는 사람이
동양화의 빈 여백처럼
사랑의 여운을 남기게 되지요.
오늘 다 치르려고 하지 마셔요.
사랑은 내일치가 있을 때
아름답습니다.

'사랑의 밥' 뜸 들이기

무엇이든 단추 하나면 얻을 수 있는 세상.
하지만 사랑을 파는 자동판매기는 없지요.
무엇이든 속전속결,
바쁘기만 한 현대인들
사랑도 '인스턴트 사랑'으로 해결할 수 있을까요?
제대로 된 '사랑의 밥'을 지으려면
무르익도록 뜸 들이는 시간을 잊지 마셔요.
설익은 풋사랑의 밥은
찰진 사랑의 밥맛을 모릅니다.

'그리움의 뜸' 들이기

보고 싶을 땐 언제나
전화를, 삐삐를 울려 대는 사람들.
당신도 그와 하루라도 전화 통화를 안 하면
어쩐지 쓸쓸해지고 마는군요.
사랑을 익힐 '그리움'이란 단어를 알고 있나요?
'보고 싶다', '그립다'는 말을
말뜻 그대로 '참말'로 사용하고 싶다면
'참을성'을 연습하고 배워야겠지요.
밥을 짓는 데도 끓인 다음
뜸 들일 시간이 있어야 하는 거예요.
수묵화 화선지에
먹물 번지듯
천천히.

천
천
히……

사랑의 팀워크, 서로를 '잘 알기'

성격 차이, 궁합 차이 쉽사리 말하지 마셔요.
쉽고 편한 것만 좋아하는 사람은
사랑마저도 불편하면 내다 버리려고 하지요.
처음부터 딱 맞는 짝꿍은 없어요.
사랑의 팀워크를 이루려면
'서로를 잘 아는 것'에서 출발해야 해요.
먼저, 서로의 공통분모를 찾는 겁니다.
그리고, 서로의 다른 점을 이해하는 거죠.
서로의 숨결을 닮고
함께 호흡을 고르고 맞추는 일이 중요합니다.
다이얼을 약간만 잘못 맞추어도
FM은 지글지글하지 않던가요?
노력해야 해요.

아름다운 음악이 흐르는
같은 주파수가 되기 위해서…….

사랑의 동심원, 마음 지수 맞추기

언제나 마음의 채널이 잘 맞아서
'한마음'을 이루기란 불가능하지요.
함께 느끼고 통할 수 있는
같은 채널을 맞추는 연습이
필요합니다.
사랑하는 사람에게 진심으로
마음을 열어 마음으로 받아 주는
'공감하는 훈련'을 해보셔요.
그래, 그래.
맞장구치는 사람끼리
고개 끄덕여 주는 사람끼리
손에 손을 맞잡아
'사랑의 동심원'을 이룬답니다.

사랑은 '소유'가 아니라 '자유'

사랑이 걸리기 쉬운 병 중에 하나,
그것은 편집증이랍니다.
사랑과 집착을 혼동하는
욕심보에서 나온 병이죠.
당신이 진실로 사랑을 원한다면
사랑하는 이가 가장 그 사람다울 수 있게
그 사람을 자유롭게 하셔요.
사랑을 병들게 하지 않는 비결이지요.
욕심보병은 당신의 사랑을 썩게 한답니다.
그에게는
그가 하지 않으면 안 되는 일이 있습니다.
만남이 있습니다.
그 일과 만남에는 간섭하지 마셔요.

그를 믿고
당신이 도와주어야 합니다.
오직 '자유'로.

사랑의 5계명

제1계명 — 주기.
당신이 주는 만큼 받을 것을 생각해서는 안 됩니다.
또 줄 때는 원하지 않는 것을 억지로 안겨서는 안 돼요.
필요한 것이 무엇인지 정확하게 알고 주어야 하지요.

제2계명 — 관심을 갖기.
언제나 끊임없는 염려와 배려로 정성을 들여야 합니다.

제3계명 — 상대를 알기.
무엇을 좋아하고 어떤 생각을 하는지 그에 대해 알아야 합니다.

제4계명 — 책임.
자신의 사랑에 대해 책임을 가져야 합니다.

제5계명 — 존경.

그에 대해 존중하고 존경하는 마음을 품어야 합니다.

그와 함께 살면 가진 것이 없어도 만족하고

그와 함께 살면 더욱더 존경할 것 같아서

결혼했다고 고백한 신부도 있습니다.

오해의 산봉우리

사랑이 걸리기 쉬운 또 다른 병의 하나,
오해와 의심의 병이 있습니다.
작은 의심이 오해를 낳고
숱한 오해의 작은 조각들이 서로 이어져
더는 풀 길이 없을 때가 닥칠지도 모릅니다.

부풀리기 그만!
의심 그만!

오해의 티끌이 산을 이룬답니다.
담배씨만 한 의심이 바오밥나무가 됩니다.

정채봉의 마음의 창

— 의심에 대하여

사람이란 동물은 의심이 많아

눈으로 보는 것,

귀로 들을 수 있는 것,

손으로 만질 수 있는 것만 믿는

이상한 동물입니다.

하지만 '사랑'이란 단어는

눈으로 볼 수 없고 마음으로만 느낄 수 있는

추상 명사라는 점을 잊지 마셔요.

'의심'은 사랑의 그릇에 금을 가게 합니다.

'의심'의 잔금들이

마침내

사랑의 그릇을 허물 수도 있어요.

사랑을 시샘하는 병에 대한 처방전

사랑을 시샘하는 병들이 많이 있습니다.
집착, 소유, 의심, 오해, 질투 따위 말이에요.
이러한 병들을 이겨 낼
내성(耐性)을 기르는 법은,
믿음의 심지를 굳게 내리는 것이지요.
그다음, 병에 대한 처방전은
한 발자국 떨어져서
사물과 상황을 있는 그대로
바라보는 것이에요.
'객관적 거리'는 병을 몰아내지요.
이 병들을 물리치지 못하면
당신은 진정 소중한 생명,
사랑을 잃게 될지도 모릅니다.

오르페우스의 사랑 이야기
— 그리스 · 로마 신화 중에서

최초의 음악가들은 신이었습니다. 후에 몇몇 인간들이 신과 비슷한 실력을 갖게 되었는데 그중 트라키아의 왕자였던 오르페우스와 맞설 사람이 없었지요. 오르페우스가 연주하고 노래를 하면, 강물도 그 흐름을 바꾸고 물고기들은 그의 노래를 듣기 위해 고개를 밖으로 내밀었을 정도였답니다. 또 오르페우스가 즐거운 노래를 부르면 사람들도 즐거웠으며 노래가 슬프면 듣는 이도 슬퍼질 지경이었지요. 신들도 오르페우스의 노래와 연주에 이끌려 은하수를 타고 그에게 모여들었고 물의 요정들 역시 노랫소리가 나면 물을 따라왔습니다.

오르페우스는 물의 요정 중에서 에우리디케에게 홀딱 반하여 그녀와 결혼을 하게 되었습니다. 그러나 그들의 행복은 매우 짧아서 곧 에우리디케는 독사에게 물려 죽었습니다. 오르페우스의 슬픔은 너무도 컸고, 다른 어떤 이가 자기의 사랑을 위해 각오하는 위험보다도 더 크나큰 위험을 각오하였습니다. 죽음의 세계로 내려가 에우리디케를 돌려 달라고 하기로 결심을 한 것이지요. 그는 죽음의 세계를 향해 여행을 떠나 칠현금을 연주하였고, 그 소리는 수많은 사람들을 매료시켰으며 지옥의 개 케르베루스의 감시도 따돌렸습니다. 하데스 왕과 페르세포네는 그의 노래에 감동받아 소원을 들어주기로 하였는데 한 가지 조건을 말했습니다. 저승의 문을 나가기 전까지 아내인 에우리디케를 절대로 뒤돌아보면 안 된다는 것이고 만약 지상에 닿기 전에 아내를 돌아다보면 그녀는 다시 황천으로 떨어져 영원히 사라진다는 것이었습니다.

오르페우스는 에우리디케를 뒤로하고 지상으로 나가는 여로에 올랐습니다. 둘은 강을 건너기 위해 나룻배를 탔습니다. 그들은 이상한 침묵에 싸인 곳을 지나 앞으로 나아갔습니다. 오르페우스는 앞서 걸어가며 아내의 발소리에 귀를 기울였습니다. 그러나 아무 소리도 들리지 않자, 그는 그만 가슴이 덜컹 내려앉았습니다. 아내가 혹시 쓰러졌거나 아니면 길을 잃어서 가혹한 운명의 신에게 끌려갔을지도 모른다는 생각이 들었던 것입니다. 겁이 난 오르페우스는 하데스 왕과의 약속을 잊어버리고 뒤를 돌아보았습니다. 그러자 아내 에우리디케의 모습이 희미해지면서 그녀는 또 한 번 죽고 말았습니다. 마치 마지막 키스인 양 가벼운 미풍이 오르페우스를 스치고 지나갔습니다. 그녀는 암흑 속으로 영원히 빨려 들어갔던 것입니다. 그에게는 '안녕……'이라는 희미한 소리만이 들릴 뿐이었습니다.

사랑의 밀도

밭에 뿌릴 두엄이 썩어 가는 냄새를
기특하게 여기는 농부의 마음.
아기 기저귀의 똥 냄새가
그저 다디달기만 한 엄마의 마음.
아기가 오줌 마렵다고 하면
먹던 밥그릇에다가도 오줌을 누이는 아빠의 마음.
애인의 방귀 냄새가 전혀 구리지 않고
외려 신비롭게 느끼는 마음.
어깨에 앉은 비듬도 털어 주고 싶고,
눈곱도 떼내 주고 싶은 마음.

'예쁜 사랑 만들기'에 관한 오해

사랑을 낭만으로만 포장하려 들면
사랑은 숨 막혀서 뒷걸음을 칩니다.
화장과 꾸밈이 지나치면
보는 사람에게 거부감을 주듯이
아름다운 사랑이란
가식이 아니라
있는 그대로의 자연스러움입니다.
특히 거짓으로 한 화장은 언젠가 드러나는 법이지요.
밀랍으로 붙인 날개가 햇빛에 녹아 달아나듯이
사랑은 거짓을 참아야 합니다.
지금은 손해인 것 같은 진실이
내일의 사랑에
갈무리 소금이 됩니다.

번뇌의 거름을 먹고 자라는 나무

사랑은 언제나 즐거움만 줄 줄 알았는데
괴로운 번민이 끊이지 않는다구요?
살을 째는 아픔까지도 맛보려는 것이
사랑의 속성이지요.
사랑은 번민의 거름을 먹고 쑥쑥 자라납니다.
상대와 자신의 마음의 줏대를 세워 주고
사랑의 나뭇잎을 늘립니다.
그러나 지나치게 마음의 번민을 쌓으면
사랑의 꽃나무는 죽어 버릴 수도 있어요.

힘든 사랑에 대하여

사람은 누구나 행복하게만 살아온 것이 아니지요.
혹 당신이 사랑하는 사람도
불행한 시간의 강을 건너온 사람일 수도 있어요.
어쩌면 그가 당신을 힘들게 하는 건,
쉽게 버릴 수 없는 불행한 추억을
짐으로 떠메고 살아왔기 때문일 수도 있어요.
그의 이유 없는 불안과 차가움을
이제 따뜻한 사랑으로 감싸 주셔요.
불안은, 불행했던 기억은,
평화로운 사랑에 대한
'갈증' 정도에 지나지 않으니까요.
맑은 사랑의 물이
그의 마음속에 있는 갈증을

이제 씻어 줄 거예요.
당신만이 그 사랑의 물로
그를 샤워시킬 수 있습니다.

가시나무

— 하덕규

내 속엔 내가 너무도 많아
당신의 쉴 곳 없네
내 속엔 헛된 바람들로
당신의 편할 곳 없네
내 속엔 내가 어쩔 수 없는 어둠
당신의 쉴 자리를 뺏고
내 속엔 내가 이길 수 없는 슬픔
무성한 가시나무 숲 같네
바람만 불면 그 메마른 가지
서로 부대끼며 울어 대고
쉴 곳을 찾아 지쳐 날아온
어린 새들도 가시에 찔려 날아가고
바람만 불면 외롭고 또 괴로워

슬픈 노래를 부르던 날이 많았는데
내 속에 내가 너무도 많아
당신의 쉴 곳 없네.

사랑의 금지 구역, '상대의 방' 존중하기

서로 마음을 나누는 사이라고
상대의 마음을 통째로 먹어 버리려고 한다면
황금 알을 낳는 거위의 배를 째는 것과 같아요.
그의 털구멍까지도 모조리 알려고 하면
사랑은 질식하여 도망가고 말 거예요.
그 사람의 내밀한 방을 엿보지 마셔요.
그 사람의 방을 지켜 주셔요.
그 속에서 사랑이 익어 갈 테니까요.

장미 전쟁

단, 서로의 인격에
치명적인 싸움이 아니라면
간혹 애정 전선에 이상이 있어도 좋아요.
싸운 다음,
그만큼
상대에 대해 더 잘 이해할 수 있게 되니까요.
서로의 다른 점을 알게 되니까요.
사랑하는 사람끼리의 싸움은
서로의 사랑을 아프게 확인해 가는 과정이랍니다.
어쩌면 당신은 싸우는 걸 좋아하게 될지도 몰라요.
싸우고 난 후면
둘 다 조금씩 닮아 있다는 걸 알아차릴 테니까요.
쇠붙이가 담금질을 통해 더욱 강해지듯이

사랑의 냉전도
서로의 사랑을 더 끈끈하게 만들 테니까요.

우리는 서로의 비슷한 점 때문에 이끌려 만나게 되지만
서로의 다른 점 때문에 사랑을 발전시켜 나간다.
We meet on the basis on our sameness
and grow on the basis of our differences.

사랑의 악센트, 서로의 다른 점

'우리는 너무 달라서 그래. 헤어져야 할까?'
사랑하는 사람과의 다툼도 화냄도
너무 걱정 마셔요.
그것을 물리칠 만한
'무엇'이 있으면 됩니다.
서로의 다른 점은
서로에게 자극이 되고
사랑의 관계에 활기를 불어넣는 악센트랍니다.
다른 점을 메울 만한 그 '무엇'이 있으면 되지요.
나와 다른 점 중에서
그의 매력이 되는 장점 같은 거 말이에요.

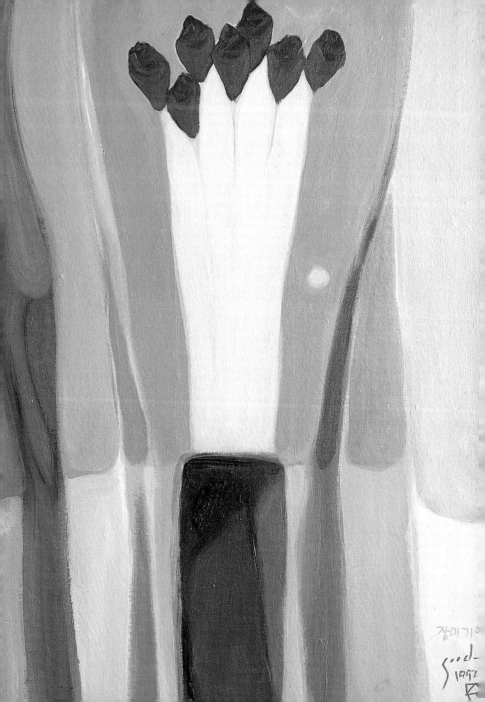

장미기○

good 1992

꿈과 사랑의 관계

당신은 사랑에 빠져 있을 때
자신의 꿈을 포기할지도 모릅니다.
자기 뜻일랑은 저버리고
상대의 뜻에 맞추는 것이
사랑이라고 생각할지도 모릅니다.
그러나 당신이 희생할수록
그에 대한 기대가 커지고
당신의 희생에 대한 보상을 원하게 되겠죠.
또 그만큼 상처를 받게 되구요.
하지만 참다운 사랑은
자신의 꿈을 희생하는 것이 아닙니다.
사랑하는 이로 인해
자신의 꿈이
한층 더 풍요로워지는 것이랍니다.

둘이 함께 꾸는 꿈

첫눈 오는 날
둘이서 만나는 날
둘이 지갑을 털어도 만 원뿐.
라면 한 그릇씩에 공깃밥 하나
입에 김치 국물 묻히고
장미꽃 한 송이도 샀지.
첫눈이 멎기 전에 가려고 택시 타고
둘이 처음 만난 장소
성지 순례 하듯이 찾아갔지.
커피 한 잔씩 마시고 돌아오는 길
생활이 구질구질하게 여겨지지 않는 이유
그래도 우리가 행복한 까닭
둘이서 함께 꾸는
하나의 꿈이 있으니까.

한 그리움이 다른 그리움에게

— 정희성

어느 날 당신과 내가
날과 씨로 만나서
하나의 꿈을 엮을 수만 있다면
우리들의 꿈이 만나
한 폭의 비단이 된다면
나는 기다리리, 추운 길목에서
오랜 침묵과 외로움 끝에
한 슬픔이 다른 슬픔에게 손을 주고
한 그리움이 다른 그리움의
그윽한 눈을 들여다볼 때
어느 겨울인들
우리들의 사랑을 춥게 하리
외롭고 긴 기다림 끝에

어느 날 당신과 내가 만나
하나의 꿈을 엮을 수만 있다면.

'나'가 없으면 '사랑'도 없다

스스로 자신감이 없거나 꿈이 없다면,
자신을 싫어하게 되면,
'사랑'에 의지해서 안정감과 자신감을
얻으려 하게 되지요.
누군가에게 사랑을 받게 되면
'나'에 대한 사랑도 커졌겠지.
그러나 자신을 믿지 못하는 당신은
당신의 사랑도 믿을 수가 없지요.
일부러 왜곡된 행동들로 사랑을 괴롭히기도 하지요.
그에게 일부러 상처를 준다든지,
무리한 요구를 강요한다든지,
사랑을 시험하려고 하면서요.
만약 그런 식으로 계속 나간다면?
당신의 사랑은 파괴되고 말 거예요.

헌신은 미덕이 아닌 함정

맹목적인 사랑을 순수한 사랑으로
착각하는 경우가 있지요.
그런 경우 결국에는 어리석음의 대가를
치를 날이 옵니다.
자신을 헐값으로 내준 대가를 치르게 되지요.
맹목적인 사랑은 관계를 그르치고
자신에 대한 자존심과 품위조차
잃어버리게 하는 함정이라는 사실을 잊지 마셔요.

사랑에는 무임승차가 없다

아무런 땀과 수고 없이
과수원에서 다 익은 과일을 따낼 수는 없듯이
사랑이라는 결실은
단숨에 얻어 낼 수 없어요.
사랑을 느끼는 순간
사랑이 여물 수는 없는 법.
그 순간은 '사랑의 계기'가 될 뿐
'온전한 사랑'일 수 없어요.
꽃피우고
열매 맺고
영글도록
그에 알맞은
빛과 물과 양분을 주어야 하지요.

나만의 사랑의 화초 키우기

매일 투명한 물을 한 컵씩 담아
사랑의 마음과 함께
화초의 수액을 채워 주셔요.
하루하루 정성껏 물을 주면서
화초에게서 사랑을 배워 보셔요.

풀들은 자신이 자라는 것을
의심하면서 크지는 않을 거야.
마음속에 사랑도 그렇게 자라는 것을
의심해서는 안 되겠지.
매일 그렇게 투명한 한 컵의 사랑으로
키우는 마음속의 나만의 화초.

'사랑'을 닮은 꽃, 러브 체인

'사랑'을 닮은 꽃, '러브 체인'을 아셔요?
일년초 생명을 타고 난 짧은 인생이지만
사랑의 꽃을 피우고서 목숨을 다하지요.
러브 체인은 손을 뻗어
작은 넝쿨을 만들고
하트 모양의 꽃들을
달랑달랑 피워 냅니다.
러브 체인은 물을 너무 많이 주어도 썩고
물을 너무 조금 주어도 말라서 죽습니다.
사랑에 너무 지나친 집착과 간섭을 주게 되면
사랑의 뿌리를 썩게 만들며,
무관심과 방관은
사랑을 시들게 한답니다.

사랑의 주춧돌, 신뢰 쌓기

사랑의 탑이
그 아무리 오래되고 높다 한들
믿음이 없는 사랑은
모래로 쌓은 모래성.
튼튼한 신뢰의 반석 위에
사랑의 탑을 쌓아 올리셔요.

내 사람 만들기

애써 공들인다고만
저절로 내 사람이 되는 것은 아니에요.
내 사람으로 길들이기 위해서는
상대에 대해 알아야 한답니다.
사람의 마음을 읽어 내는 기술 없이는
백일기도도 헛수고가 되고 말아요.

사랑과 우정 사이

하나,
친구로는 모자라는 마음이 넘칠 때,
사랑을 갈망하며 눈빛을 떨구던 당신은
그 친구를 미워하게 될지도 모릅니다.
우정을 버리는 당신은
한 세계를 잃어버리게 되는 거지요.
둘,
사랑하는 사이라도 친구가 될 수 없는 사이는
껍데기 관계입니다.
대화를 할 수 있고
서로의 마음을 긁어 줄 수 있는 친구 사이가
참사랑으로 가는 지름길입니다.

전기뱀장어 된 날

그 애와 처음 손 잡은 날
짜릿한 전율이
온몸을 꿰뚫었지 뭐야.
내 몸 전체가 감전되어 떨던 날,
으앗!
나는 전기뱀장어가 되고 말았어!

스킨십과 마인드 십

쓰다듬어 줄 사람을 갖지 못한 아이는
정서적으로 불안한 사람으로 성장하듯이
연인 사이에도 스킨십은 필요합니다.
다정한 연인 사이엔
마음은 마음끼리 대화를 하고
몸은 몸끼리 대화를 하며
속정이 들어 가지요.
그러나 마음의 교감과 몸의 교감이
함께 나란히 가지 않으면
서로 상처 입을 수 있지요.
'몽고인은 손을 잡는 순간
자기 넋의 반을
상대에게 건네준다'는 옛말이 있듯이

자신의 몸과 마음은 함께 걸음을 떼어야 합니다.
상처 입은 동물이
서로의 상처를 혀로 핥아 어루듯이
마음의 상처를 어루어 줄 수 있는 사랑은 필요하지만
오히려 상처를 남기는 칼날이 되는 일도 있습니다.

여섯 줄의 시

— 류시화

너의 눈에 나의 눈을 묻고
너의 입술에 나의 입술을 묻고
너의 얼굴에 나의 얼굴을 묻고

말하렴, 오랫동안 망설여 왔던 말을
말하렴, 내 숨 속에서 숨은 진실을
말하렴, 침묵의 언어로 말하렴.

사랑의 양념, 분위기 메이킹

우울한 그 애에게
썰렁한 유머로라도 웃겨 주는 건 어때요?
때로는 지친 그 애 가슴 이랑이랑을 씻어 주는
시원한 소낙비로.
때로는 그 애 이마의 땀방울을 식히는
서늘한 바람으로.
때로는 그 애를 포근하게 안아 주는
따사로운 햇살로.
분위기를 만들어 낼 줄 아는 사람이
'사랑의 배'를 이끌어 가는 선장!

사랑의 심술

당신은 이제 사랑의 마음결을 따라
굽이굽이 여행을 하게 됩니다.
당신은 사랑의 속마음을 짚어 보고,
'사랑의 심리'를 탐색하면서
'사랑의 기술'을 터득하게 될 거예요.

아름다운 사람

— 헤세

장난감을 받고서
그것을 바라보고 얼싸안고서, 기어이 부숴 버리고
다음 날엔 벌써 그를 준 사람조차 잊고 있는 아이들같이

당신은 내가 드린 내 마음을
고운 장난감같이 조그만 손으로 장난을 하고
내 마음이 고뇌에 떠는 것을 돌보지 않는다.

변덕쟁이 사랑의 날씨

날이면 날마다
맑게 갠 사랑의 날씨가 계속된다면
'이별'이란 단어가 없어질지도 모르지요.
사람의 마음이
천 갈래 만 갈래로 생겨 먹어서 그런지
사람과 사람의 관계에서 비롯되는 '사랑'도
사람의 마음을 닮아 변덕스러운 마음씨를 가졌답니다.
하지만 염려 마셔요.
언제나 같은 물이 고이는 못은 썩습니다.
'변화'는 생명의 핵심,
당신의 사랑이 생명을 지닌 증거니까요.
흐리고 비 오면서
당신의 사랑은 단련되고

사랑의 단단한 깊이를 확인하게 될 거예요.
햇빛만 계속 내리는 땅은 사막입니다.

케이스 바이 케이스 법칙

사람들의 얼굴 생김생김이 모두 다르듯이
사랑의 방식은 다 달라요.
누구를 흉내 내지 마요.
'사랑의 정석'이란 없답니다.
당신과 그 사람의 숨결을
그대로 닮은 사랑을 가꾸셔요.
당신의 방식으로
사랑을 완성해 나가셔요.
누구라도 들어와 쉴 수 있는
그대들만의 무성한 사랑의 숲을
이뤄내 보셔요.

사랑의 장님 근성

사랑에 빠지면
그 사람 외에는 아무것도 보이지 않지요.
마음의 모든 열정을 뽑아내
당신의 사랑에게 바치고 싶어집니다.
그러나 판단력마저 마비되어
동서남북 가리지 못하고 날뛰다가는
무서운 덫에 걸릴 수도 있어요.
사랑이
자신을 잃어버리는 늪지대가 되느냐
자신을 거듭나도록 삭정이를 부러뜨려 주느냐는
당신 자신에게 달려 있습니다.

사랑과 미움 사이

'차라리 밉기나 했으면 좋겠어.'
사랑하는 사람과 갈등하게 된 당신은
모순된 감정의 고갯길에서
가슴 아파 눈물을 흘리지요.
그만 슬퍼하셔요.
이때의 미움은
사랑의 다른 이름이에요.
애증을 알게 된 당신은
그의 모든 것을 그대로 존중할
사랑의 다음 단계로 갈 준비가 된 거예요.

사랑의 고약한 심보, 미움의 고갯길 넘기

사랑하는 사람이 아니라면
당신은 그토록 가슴 아플 수 있을까요.
그래요, 사랑하는 사람이라는 그 이유 때문에
이 세상에서 가장 큰 상처와 외로움을
주기도 하지요.
하지만, 당신이 미움의 손톱을 세우면
그동안 쌓아 왔던 사랑의 탑은
신기루처럼 사라지고 말아요.
미움 꾸러미를
사랑의 대화 속에서 풀어 보셔요.
편지를 쓰는 거예요.
자신이 생각하는 섭섭함, 원하는 것들을 적어
소중한 그에게 전하셔요.

더 깊고 더 향기로워진 사랑이
미움의 고개 너머에서
당신을 기다릴 거예요.

정채봉의 마음의 창

정(情)은 음영을 지닌 생명의 낱말.
'정'은 고운 정, 미운 정
밝음과 어둠의 양면 모두를
갖춘 생명을 지닙니다.
영어에는 우리의 '정'이라는 낱말을
대신할 단어가 없다고 합니다.
연민이라든지 사랑, 좋아하기 등의 단어로
아무리 대치시켜도
우리의 '정'이라는 낱말에 깃든
우리네 깊고 끈끈한 정서를
받쳐 줄 수 없다고 합니다.
그러나 정은 때로 얼음이 되어
사람을 차게도 한답니다.

'정'은 힘도 될 수 있지만 멍에가 되기도 하여
신중하고 냉철한 다룸이 필요하지요.
정에 얽매여 동정을 사랑으로 착각하면
당신의 인생에서 사랑을 놓치고 말아요.

내 마음의 창

당신은 우리네 정 중에서 가장 깊은 속정을
그 누구에게 전해 줄 건가요?
그 사람을 만났을 때, 자신도 모르게 따뜻해진다구요?
그것은 정이 녹아 흐르고 있다는 증거입니다.

사랑의 5단계

첫 단계, 좋아하기.
밝은 빛에 반해 눈부시기만 한 마음.

둘째 단계, 사랑하기.
한결 안타깝도록 애틋해지는 감정.

셋째 단계, 필요로 하기.
빛을 맘껏 누리고 싶은 갈망.

넷째 단계, 미워하기.
그림자를 알게 되어 눈물을 흘리는 얼룩진 마음.

다섯째 단계, 존중하기.
빛과 그림자, 전체를 받아안을 수 있는 마음.
그의 존재를 있는 그대로 존중하고 받아들이는 마음.

시험하기 좋아하는 사랑의 심술보

사랑을 한껏 베풀고 싶은 속정 깊은 당신은
어쩐지 모자라는 듯한 그의 사랑에
시험을 걸고 싶은 충동이 슬그머니 듭니다.
마음 한구석 서늘해지면 그가 야속해지고
파고드는 의심과 미혹을 떨쳐 버리기 어렵게 되지요.
일부러 그를 속상하게 해서 마음을 떠보고 싶구요.
독점하고 싶은 질투심에 그를 괴롭힙니다.
하지만 당신이 사랑의 심술보에
마음을 온통 내주면
그의 마음은 지쳐 가고 사랑은 왜곡되어
되돌아올 수 없는 동굴 저편으로
사라져 버릴 수도 있어요.
사랑의 뿌리를 갉아먹는 의심을 내쫓고

믿음의 양분을 기르는 일을 잊지 마셔요.
뽀로통이 이내 풀리도록!
뽀로통이 오래가면 입 삐뚤이가 되어요.

큐피드와 프시케의 사랑 이야기

— 그리스 · 로마 신화 중에서

아주 옛날 어떤 왕에게 아름다운 세 딸이 있었습니다. 그중에서 막내딸 프시케는 하늘의 별들보다 더 아름다워 세상 사람들로부터 끝없는 경의와 찬양을 받았습니다. 미의 여신 비너스 신전에는 먼지가 쌓였고 비너스에 대한 모든 영광은 언젠가는 죽을 운명을 가진 한 소녀에게로 돌아갔습니다. 비너스는 복수를 위해 그 누구도 막을 수 없는 화살을 가진 아들 큐피드에게 도움을 청했습니다. '네 힘을 사용하여 프시케를 세상에서 가장 형편없고 비열한 사람과 사랑에 빠지게 만들어라.' 그러나 큐피드는 프시케의 아름다움에 반해 어머니의 뜻을 어기고 말았습니다.

그런데 프시케는 세상의 온갖 찬탄을 받으면서도 도무지 행복하지 않았습니다. 자신보다 덜 아름다운 언니들은 화려한 결혼을 했는데, 그녀는 슬프고 고독했으며 자신을 원하는 남자는 아무도 없는 것처럼 보였습니다. 그때 미리 큐피드의 부탁을 받은 아폴

론이 프시케 부모에게 프시케를 외딴 절벽에 버리도록 명하였습니다. 무서운 뱀이 프시케를 신부로 데려갈 것이라고 했습니다.

프시케는 온 나라 안이 울음바다에 잠긴 가운데 절벽에 버려졌습니다. 그러나 곧 부드러운 바람이 프시케를 데려가 꽃이 만발한 풀밭에 내려놓았습니다. 평화스러운 그곳에서 프시케는 잠에 빠져 들었습니다. 프시케가 깨어나 보니 아름다운 궁전이었습니다. 아무도 보이지 않았지만 "이 집은 당신을 위한 것입니다. 우리는 당신의 시종이며 당신이 원하는 것은 무엇이든지 준비하겠습니다"라는 목소리가 들렸습니다. 궁전 안은 맛있는 음식과 노랫소리로 가득 찼습니다. 밤이 되자 프시케는 그녀의 남편이 다가오는 것을 느꼈고 부드럽게 속삭이는 그의 목소리에 모든 두려움이 사라졌습니다. 궁전에는 괴물도 공포도 없다는 것을 알게 되었고 밤이면 사랑하는 남편을 갈망하고 기다리게 되었습니다.

이러한 관계에 완전히 만족할 수는 없었지만 그녀는 행복했고
시간은 빠르게 흘렀습니다. 어느 날 프시케의 남편은 그녀에게
언니들이 찾아오면 만나서는 안 된다고 하였습니다. 그는 언니
들의 말에 프시케가 설득당하지 않도록 주의를 주며 그것을 어
기게 되면 영원히 자신과는 헤어지게 될 것이라고 하였습니다.

그러나 프시케는 언니들의 시기와 질투로 인한 유혹에 넘어가
남편을 의심하고, 그를 보아서는 안 된다는 금기를 어기고 그를
눈으로 확인하고 맙니다. 그는 괴물이 아니라 너무도 아름다운
신이었습니다. 그러나 남편은 그녀를 떠나고 말았습니다. 그 후
프시케는 오랜 시련의 길을 걷게 됩니다.

천국과 지옥 사이 상처와 기쁨의 쌍곡선을 넘어

사랑은 천국과 지옥 사이를
오가는 여로(旅路).
사랑아,
너는 상처의 비탈과 기쁨의 언덕을
나란히 하고 있구나
나를 죽였다가 살렸다가 하는 사랑아,
너의 말 한마디에
울고 웃는 나의 마음을
포로로 가두고 있구나.

사랑의 줄다리기

'사랑은 게임이 아니므로
무조건 희생해야 돼'라고 생각하나요?
사랑의 생리(生理)는
자신을 지키지 않고 바치는
무조건적인 사랑을
고맙게 여기기는커녕
때로는 무시하고 짓밟습니다.
사랑이 원하는 것은
적당히 탄력 있는 긴장.
자신을 내주어야 할 때와
자신을 내줄 수 없을 때를
지켜서 밀고 당겨야 합니다.
자기 자신을 지키지 않으면

사랑의 자격을 스스로 버리는 일이지요.
흙탕물 튀긴 하얀 옷처럼.

때로는 맞불 작전, 때로는 후퇴 작전

그와 싸우는 것이 싫어서
당신은 무조건 그에게 사과하지는 않나요.
혹은 이기려고 항상 고집을 피우지는 않나요.
져주기만 하는 것은 사랑을 위하는 일이 아니에요.
또 사랑 싸움은 주도권의 문제가 아닙니다.
싸움만큼 서로를 잘 알게 하고
사랑을 확인할 수 있는 기회는 드물지요.
싸워야 할 때는 사랑하는 만큼 치열하게 붙읍시다.
양보해야 할 때는 확실하게 져줍시다.
참다운 승리는 두 사람 모두의 것이 됩니다.

사랑의 저울 심리

아낌없는 사랑을 주고 싶은 마음 한편에
섭섭함이 한 움큼 자라는 당신은
애정의 주고받은 높낮이를 따지며
사랑의 손익 계산서를 만듭니다.
그가 당신을 사랑하는 만큼,
자신이 사랑받는 만큼만 사랑하겠다면서.
자신이 상대보다 많은 사랑을
베풀고 있다는 생각이 들면 '원망'이 뒤따르지요.
원망의 싹을 자르는 방법은
준 것을 잊어버리는 것.
그리고 섭섭한 마음은 쌓아 두지 말고
그때그때
대화를 통해서 푸는 것이랍니다.

또 사랑을 셈해서가 아니라
'자신'을 잃어버리지 않으면서
사랑을 균형 잡는 일이 필요하지요.
'내 사랑'이기 위하여.

슬픈 노래
— 프랑시스 잠

"나의 사랑하는 이" 하고 너는 말했다.
"나의 사랑하는 이" 하고 내가 대답했다.
"눈이 오지요" 하고 네가 말했다.
"눈이 오지요" 하고 내가 대답했다.

"좀 더" 하고 네가 말했다.
"좀 더" 하고 내가 대답했다.
"이렇게!" 하고 네가 말했다.
"이렇게!" 하고 내가 말했다.
그러고 나서 나는 이렇게 말했다.
"난 당신이 좋아요."
"좀 더 좀 더 그 말을……."
"아름다운 여름도 다 가지요" 하고 네가 말했다.

나는 대답해 "가을이야" 했다.

그러고 난 뒤
두 사람의 말은 처음처럼 같지 않았다.
한데 어느 날 네가 말하기를
"오, 난 얼마나 당신이 좋은지 모르겠어요!" 했다.

장쾌한 가을날의 화려한 저녁 일이다.
그때 나는 대답해
"다시 한 번 말해…… 자, 다시 자꾸자꾸…….
나는 이렇게 졸랐다.

아이가 되는 사랑의 마음

사소한 말다툼으로도 하루 종일 뽀로통해 있는 것.
그가 사준 옷 사이즈가 작을 때
"나는 쫄티가 좋아"라고 하는 것.
한번쯤 그 애의 속옷 색깔을 생각해 보는 것.
"나 좋아하는 거 맞지?"
검산하듯 자꾸만 사랑을 확인해 보는 것.
"나하고만 놀아야 돼" 떼를 쓰는 것.
오늘은 무슨 일을 했고, 누굴 만났는지
사소한 일들을 얘기하며 어리광을 부리는 것.
뚱뚱한 그 애를 업어 주기 위해
아령을 들어 올리며 힘을 기르는 것.

여자의 심보

하루 종일
전화통에 매달려 전화를 기다리며 안달복달.
전화가 안 오면 그와는 끝장이라고 생각하거나
이별을 상상하며 마음을 졸인다.
연락이 끊기고 안 만나면
이젠 그의 마음이 변했다고 생각.
사랑한다든지 좋아한다는 말을 자꾸 듣고 싶어 한다.
생일이라든지 우리가 만난 지 며칠째 같은
'스페셜데이'를
꼭 기억해 챙기고 싶어 하며 안 하면 슬퍼진다.
연애를 하면 다른 친구와 멀어진다.
우울해지거나 무슨 문제가 있으면 미주알고주알
이야기하는 것을 좋아한다.

돌보지 않으면 돌아서지만,
꽃 한 송이에 금세 마음을 풀기도 한다.

모성 콤플렉스

항상 상대를 보살피려고 하지는 않나요?
자잘한 일들까지 꼬치꼬치 알려고 들고
캐물으며 피곤하게 구는 당신.
'손에 뭐 묻으면 제발 옷에 닦지 마.'
'스카프는 이렇게 매야 해.'
'어디 가서 가방을 땅바닥에 두지 말래두.'
'옷은 이런 스타일로.'
이렇게 쓸데없이 간섭을 하지는 않나요?
그도 입고 싶은 스타일의 옷이 있답니다.
깨끗한 것도 좋지만
자유로운 것을 좋아하는 그.
당신이 계속 어머니같이 굴면
그는 도망칠지도 몰라요.

남자의 심보

그녀를 좋아하면서도
무슨 급한 일이 생기면
그녀와의 약속도 잘 까먹는 까마귀 심보.
친구나 모임에서 어울리다 보면 전화도 없이
휩쓸려 새벽까지도 불사하기 일쑤.
전화통을 잡고 1분 이상 있으면 머리가 아파진다.
바쁜 일이 있으면 며칠이고 연락을 안 하기도 하고,
여자 친구가 있어도
여전히 다른 관계를 중요시한다.
자기 생일도 모르고 지나가 버리는 일도 많다.
자질구레한 일은 신경 쓰기 싫고
중요한 일만 얘기하고 간단히 얘기하는 것을 좋아한다.
혼자 있고 싶을 때는 주변을 돌보지 않는다.

일을 최우선으로 생각하고 인정받고 싶어한다.
남자는 아무런 이유도 없이 연락을 끊었다가
불쑥 마음 내키면 아무 일 없었다는 듯이 다가온다.

부성 콤플렉스

자신이 만능 해결사인 것처럼 굴지는 않나요?
'봐라, 이럴 때는 이렇게 해결하는 거야.'
'남들 앞에서 짧은 치마 입지 마.'
'웃음 헤프게 웃지 말래두.'
'집에는 일찍 들어가.'
'술 먹고 다니지 말라니까.'
'여자는 담배 피우면 못써.'
여자도 당신과 행동하는 방식이 다를 뿐
자신의 문제를
자신이 해결해 낼 능력이 있다구요.
당신이 하는 행동을
여자 친구는 하면 왜 안 되나요?
폭군같이 채찍질하지 마셔요.
여자도 행동을 자유롭게 할 자유가 있다구요.

아담과 이브의 속마음 알기, 사랑의 지름길

'여자는 자신을 사랑해 주는 사람에게 인생을 바치고
남자는 자신을 인정해 주는 사람에게 인생을 바친다'
는 옛말이 있지요.
아담과 이브의 차이를 아는 것은
서로를 이해하게 하고
싸움의 장애물을 걷어내 줍니다.
아담과 이브는
심리가 다르고
사고방식, 행동 코드가 다릅니다.
마음결이 다르고
마음 씀씀이가 다르죠.
이 차이를 알고 나면 사랑의 관계는 발전합니다.
원망과 미움은 줄고 없어집니다.

상대가 원하는 바와 싫어하는 바를 알게 되어
엉뚱한 곳에서 사랑을 낭비하지 않게 되지요.

아담에게

그녀를 너무 기다리게 하지 마셔요.
어떤 특별한 것은 다른 이와 나눌 수 없잖아요.
그것은 소중한 그녀와 나누고 싶잖아요.
그 점을 그녀에게 가끔씩 얘기해 주셔요.
그녀와 자주 대화의 시간을 가지셔요.
때로는 그녀의 자잘한 생활들에도 관심을 갖고
물어보셔요.
꿈꾼 사연도 들어 봐요.
그녀를 너무 기다리게 하지 마셔요.
한 스토리의 장면을
너무도 수많은 연인들이
오랜 세월 반복해 왔어요.
어긋나는 장면,

비껴가는 약속, 인연,

오해…….

그녀는 당신을 기다리다가 방금 떠났습니다.

이브에게

그를 끝까지 믿어 주셔요.

당신에게는 그를 변화시킬 힘이 있어요.

가끔씩 그가 무심한 것은

무심한 습관증이지요.

당신을 잊어서,

마음이 변해서 그런 게 아니랍니다.

그가 혼자 있고 싶어 할 때, 그냥 두셔요.

당신 혼자서도 뭔가 재미있는 일을 하는 거예요.

영화 감상, 신나는 음악 들으며 춤추기,

친구 만나기,

서점에서 시간 보내기 등등…….

자꾸만 오해하지 마셔요.

오해는 그를 지치게 합니다.

오해가
결국
사랑을 뿌리째 뽑아 버립니다.

그 말이 나는 잊히지 않는다

— 릴리엔크론

슬프고도 무겁게 들리던
그 말이 나는 잊히지 않는다
내 목소리는 울음에 섞이었다.
"당신은 벌써 사랑해 주시질 않아요."

황혼은 들에 떨어져
하룻날의 남은 별이 그윽이 비친다
먼 수풀 깃을 찾아
까마귀 떼도 날아가 버렸다.

이제 두 사람은 멀리 헤어져 있어
다시 만날 그런 날조차 없으리라
그 말이 나는 잊히지 않는다.
"당신은 벌써 나를 사랑해 주시질 않아요."

다섯째 마당

응달에 핀 사랑의 꽃

우리는 누구나 사랑을 필요로 해요.

하지만 응달에서 그늘을 먹고 크는

사랑의 꽃은 어두운 표정으로 고개를 숙입니다.

양지의 밝은 빛을 나누어 주는 건 어떨까요?

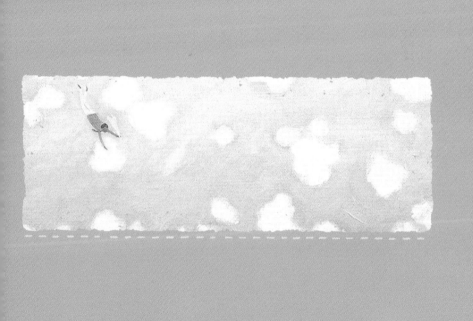

가을 편지

— 고은

가을엔 편지를 쓰겠어요.
누구라도 그대가 되어 받아 주셔요.
낙엽이 흩어진 날
이름 모를 여자가 아름다워요.

혼자 하는 사랑

누군지 모를
막연한 이성(異性)을
그리워하던 시절이 누구나 있지요.
스타의 브로마이드 사진을 걸어 두고
이성에 대한 열정을 식히며
공부에 집중하던 시절도 있을 겁니다.
사람은 사랑을 필요로 하는
존재이기 때문이지요.
'나는 왜 이 모양일까'
자신을 탓하며 미워하지 마셔요.
사랑에는 때가 있습니다.
사랑의 열차는 예기치 않은 시간에
당신의 정거장에 들어옵니다.

조급하게 생각하거나 실망하지 마셔요.
누구에게든 사랑의 기회는 꼭 있답니다.

주변에서 반대하는 사랑

'너희는 정말 안 어울리는 바퀴벌레 한 쌍이야.'
'그 사람 어디가 좋아서 그러냐?'
'다른 사람 소개시켜 줄게, 헤어져라.'
주변 사람들의 말 한마디 한마디가
본인에게는 크나큰 상처가 될 수도 있습니다.
꼭 축복만을 받으며 사랑할 수는 없겠지만
주변의 까닭 없는 돌팔매질에,
당신은 사랑을 포기하고 싶은 지경입니다.
자, 힘을 내셔요.
진흙 속에서도 연꽃이 화사한 꽃을 피워 내듯이
당신의 사랑은 꽃이 될 수 있어요.

외사랑을 하는 당신에게

아무도 모르게 사랑을 간직한 당신은
맑고 고운 영혼에
그늘을 품은 채
사랑의 아픔을 키워 갑니다.
그의 눈빛이 당신을 비껴갈 때
당신은 예리한 통증을 느낍니다.
당신의 사랑은 그 자체만으로 아름다워요.
하지만
자신의 주변을 돌아보셔요.
진정한 사랑이 당신 곁으로 지나가는 걸
놓치게 될지도 몰라요.
주인이 오는 줄도 모르고 잠자는 머슴처럼.

사랑
SiJ-ㄱ영
1999

짝사랑을 하는 당신에게

사랑받느니보다 사랑하였으므로
행복하였다는 시인의 마음을 닮아서
반쪽 사랑을 하는 당신.
그의 무관심은 당신의 마음을 할퀴고
핍박과 조롱처럼 느껴집니다.
사랑은 자신을 저버리는 일이 아니에요.
상대의 뒷모습만 바라보는
반쪽 사랑을 포기할 줄 아는 것도
자신을 사랑하고
온전한 사랑에게로
가는 일입니다.

금 밖의 사랑

나의 사랑이
남에게 상처가 될 수도 있지요.
사회 윤리가 허락한
사랑에 대한 테두리가
꼭 합리적이고 도덕적일 수만은 없지만,
금을 깨뜨릴 만한
절대적인 사랑의 확신과 용기가 없다면
금 밖의 사랑은 많은 사람에게
짐스러운 상처만 주게 되는 경우가 많습니다.
아내 있는 사람을 사랑하나요?
사촌 누이동생을 사랑하나요?
억제할 수 없는 경우라도
당신은

현명한 선택과 결단을 내려야 합니다.
어긋난 인연을 승화시킬 수 있어야 합니다.

이룰 수 없는 사랑

사랑은 자신이 들어가서
쉬고 자유롭게 생활할 공간이자 터전인 성(城).
성의 창문을 통해
남의 행복을 엿보는 성냥팔이 소녀 같은 사랑은
당신의 삶을 저버리는 일입니다.
불장난에 덴 흉터를 안고 살아가더라도
사랑은
후회를 남기지 않도록 아름답게 하되
절대로 자기 스스로를 저버려선 안 됩니다.
자기한테 저지른 죄는
자신이 검사이며 변호사이고
재판장이기도 하지 않는가요?

내 마음 아실 이

— 김영랑

내 마음을 아실 이
내 혼자 마음 나같이 아실 이
그래도 어디나 계실 것이면

내 마음에 때때로 어리우는 티끌과
속임 없는 눈물의 간곡한 방울방울
푸른 밤 고이 맺는 이슬 같은 보람을
보밴 듯 감추었다 내어 드리지

아! 그립다
내 혼자 마음 나같이 아실 이
꿈에나 아득히 보이는가

향 맑은 옥돌에 불이 달어
사랑은 타기도 하오련만
불빛에 연긴 듯 희미론 마음은
사랑도 모르리 내 혼자 마음은.

여섯째 마당

사랑이 강을 건널 때

'사랑'이라는 배를 타고

슬픔의 강을 건너는 당신은

비로소

끊임없이 차오르는 눈물을 다스리고

자신의 삶을 다스릴 수 있게 됩니다.

낙화

— 이형기

가야 할 때가 언제인가를
분명히 알고 가는 이의
뒷모습은 얼마나 아름다운가.

봄 한철
격정을 인내한
나의 사랑이 지고 있다.

분분한 落花……
결별이 이룩하는 축복에 쌓여
지금은 가야 할 때

무성한 녹음과 그리고

머지않아 열매 맺는
가을을 향하여
나의 청춘은 꽃답게 죽는다.

헤어지자 섬세한 손길을 흔들며
하롱하롱 꽃잎이 지는 어느 날

나의 사랑, 나의 결별
샘터에 물 고이듯 성숙하는
내 영혼의 슬픈 눈.

사랑이 퇴색할 때

'아니야, 그럴 리가 없어.
우리가 얼마나 사랑했는데⋯⋯.'
그와 처음 나누었던 사랑의 기억 때문에
현실을 받아들일 수 없는 당신.
사랑을 느꼈던 순간과 그 지속을 착각하기 쉬운
우리의 욕심을 가누고
눈을 비벼 바로 직시할 때
사랑이 바로 보입니다.
사랑에 등 돌릴 수 없는 까닭이
단지 과거에 대한 미련 때문이라면
다시금 사랑의 불꽃을 태울 불씨가
남아 있지 않다면 당신은
한낱 욕심에 지나지 않는 집착을 버려야 합니다.

사랑의 갈림길

사랑이 어긋난다고 느낄 때
'아니다' 라는 결론을 내려야 할 때
지나온 날들에 대한 회한으로
눈앞은 흐려지지만
당신은 차디찬 얼음이 되어야 합니다.
매몰찬 판단과 칼날이 필요합니다.
손목 한 번 잡혔다고 끌려갈 텐가요?
손목을 잘라내 버릴 수 있는 용기로
끌려가지 말 곳에는 가지 말아야 합니다.
입맞춤 한 번으로 끝나야 할 사랑이
쓸데없는 정에 의해 미혼모를 만들기도 합니다.

이별 연습

가치 있는 이별을 하기로 해요.
나 자신을 위해서나
그대를 위해서
우리의 사랑을 떠나보내기로 해요.
사랑을 나누어 온 사이지만
더는 우리 사랑을 지킬 수 없는 이때,
우리는 헤어지는 슬픔을 받아들이기로 해요.

사랑을 잃었을 때

사랑을 떠나보내고 돌아온 당신은
살아갈 모든 힘을 잃어버리고
더 이상 아무런 힘도 남아 있지 않은 것만 같아서
그저 천장만 바라보고 누워 있을지도 모릅니다.
허무해서 노여워서
배신감에 우는 당신,
정(情)은 생살을 파고들고
슬픔은 만 갈래 촉수로 찢어져
가슴이 너덜거릴지라도
이제 눈물을 닦고 자신을 추스르셔요.
사람이 고귀한 까닭은
사람에게 생명력이 있고
자신의 생명을 지탱할

정신력을 갖고 있기 때문이에요.
이별은 당신을 강하게 하는
강장제이기도 합니다.

새날과 새 사랑이 밖에 있어요

곪아 터진 상처를 끌어안고 누워 있을 텐가요?
썩은 상처에도 새살은 돋고
새날은 반드시 온답니다.
이불을 덮고 누워 혼자 이기려 하지 마요.
밖에 나가 친구를 만나 봐요.
흉보고 떠들며, 다른 사람을 만나 봐요.
콩 걷어 낸 밭에 채소를 갈지 않으면
잡초 밭이 되고 마니까요.

거저 준 것을 잊어버리기

'정치와 연애에는 실패해도 부끄러워할 필요가 없다.
왜냐하면 둘 다 사람의 마음을 빼앗는 일이기 때문이다.
그러나 연애와 사랑은 다르다.
사랑은 마음을 공짜로 주어 버리는 것이기 때문이다'
는 영국 속담이 있습니다.
준 것이 많아서 집착하나요?
거저 주어 버린 것은 이제 모두 잊도록 해요.
슬픈 노래는 질색, 신나는 휘파람을 불어요.
휘익—
휘파람을 따라 새롭고 즐거운 내일이 열릴 거예요.

상처를 지우기

'그래 우리는 어찌할 수 없었던 거야.'
'너는 나 없이 너대로 살아가겠지.
나도 나대로 살아갈 거야.'
모든 것을 잊는 방법,
한동안 당신은
기억은 떠나고
생각을 끊어 내고
번뇌를 끊어야 합니다.
그러기 위해서는
열심히 일을 찾아
거기에 몰두해야 합니다.

하늘에 묻은 추억 무덤

추억은 하늘에 묻는 거야.
흔적 없는 무덤이야.
과거의 유감스러운 일을 생각하는 것은
나의 미래에 손톱 끝만 한 도움도 안 돼.
온갖 감정을 다 묻고
무덤 밖으로 못 나오게 다져 놓을 테야.
으싸!

미련한 자만이 미련을 갖는다

떠난 사람의 마음을 돌이키려는 것은
흐르는 강물을 거슬러 뒤바꾸려는 것처럼
안 되는 헛노력입니다.
과거의 추억은 뒤로하고
앞으로 앞으로 나아가야 합니다.
사랑해야 할 사람이 또 있고
나아갈 길은 또 열리게 마련이랍니다.

나만이 어루만질 수 있는 나의 상처

'자기 연민'은
자신을 지키는 무기이며
골 깊은 상처를 어루만지는 손길입니다.
온정적인 자기 독백을 자신에게 들려주셔요.
누구에게도 털어놓을 수 없는
누구에게도 위로받을 수 없는 상처를
자신에 대한 사랑으로 극복할 수 있어요.
상처가 아무는 것은 나의 간호에서 옵니다.
그리고
내 상처를 꿰매 줄 의사도 다름 아닌 '나'입니다.

혼자만의 시간

지나온 길을 되짚어 보며
내면 깊숙이 내려가 침잠하는 시간.
어떻게 그 시간을 보내느냐에 따라
그 사람의 인생은 달라집니다.
그것을 인생의 자산으로
바꿀 수 있는 시간으로 가꾸십시오.
아픔은 새로운 싹을 틔우는 수분이 됩니다.
눈물만 흘리고 절망만을 한다면
당신이 이 세상에 생명으로 태어난 축복을
쓰레기 하치장에 내다 버리는 행위입니다.
아픔을 딛고 홀로 선 당신에게
새로운 사랑이 깃들 거예요.

사랑

— 김용택

당신과 헤어지고 보낸
지난 몇 개월은
어디다 마음 둘 데 없이
몹시 괴로운 시간이었습니다.
현실에서 가능할 수 있는 것들을
현실에서 해결하지 못하는 우리 두 마음이
답답했습니다.
하지만 지금은
당신의 입장으로 돌아가
생각해 보고 있습니다.
받아들일 건 받아들이고
잊을 것은 잊어야겠지요.
그래도 마음속의 아픔은

어찌하지 못합니다.
계절이 옮겨 가고 있듯이
제 마음도 어디론가 옮겨 가기를
바라고 있습니다.
추운 겨울의 끝에서 희망의 파란 봄이
우리 몰래 우리 세상에 오듯이
우리들의 보리들이 새파래지고
어디선가 또
새 풀이 돋겠지요.
이제 생각해 보면
당신도 이 세상 하고많은 사람들 중의
한 사람이었습니다.
당신을 잊으려 노력한

지난 몇 개월 동안
아픔은 컸으나
참된 아픔으로
세상이 더 넓어져
세상만사가 다 보이고
사람들의 몸짓 하나하나가 다 이뻐 보이고
소중하게 다가오며
내가 많이도
세상을 살아낸 어른이 된 것 같습니다.
당신과 만남으로 하여
세상에 벌어지는 일들이 모두 나와 무관하지 않다는 것을
이 세상에 태어난 것을
고맙게 배웠습니다.

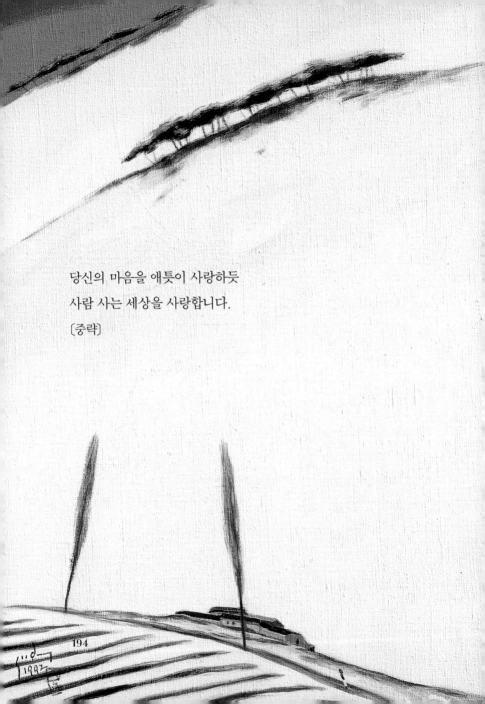

당신의 마음을 애틋이 사랑하듯
사람 사는 세상을 사랑합니다.

〔중략〕

새로운 시간을 향하여

'시간'은 참 여러 모습입니다.
사랑하는 순간에는 '시간'이 멈춰지기를 바랐는데
사랑을 잃은 순간에는 어서 빨리 '시간'이 흘러
사랑했던 기억을 가져가 주기 바라니까요.
하지만 어떤 시간도 당신의 시간이며
당신의 인생을 이룹니다.
아파하고 슬퍼하는 동안에도
당신의 인생은 흘러갑니다.
어제는 갔고, 오늘과 내일이 당신에게 있어요.
어제 때문에 당신의 인생도 망칠 건가요?

정채봉의 마음의 창

'추억은 화농 낀 상처'라고 말한
철학자가 있습니다.
과거의 기억이 도무지 자신을 붙들고
놓아주지 않을 때가 있습니다.
자신의 몸의 일부일지라도
몸 전체를 썩게 하기 전에
제 살을 도려낼 용기를 가져야 합니다.
반드시
새살이 돋아나
당신의 살갗을 이루게 될 것입니다.

새는 날아가면서 뒤돌아보지 않는다

— 류시화

시를 쓴다는 것이
더구나 나를 뒤돌아본다는 것이
싫었다, 언제나 나를 힘들게 하는 것은
나였다
다시는 세월에 대해 말하지 말자
내 가슴에 피를 묻히고 날아간
새에 대해
나는 꿈꾸어선 안 될 것들을 꿈꾸고 있었다
죽을 때까지 시간을 견뎌야 한다는 것이
나는 두려웠다

다시는 묻지 말자
내 마음을 지나 손짓하며 사라진 그것들을

저 세월들을
다시는 돌이킬 수 없는 것들을
새는 날아가면서
뒤돌아보는 법이 없다
고개를 꺾고 뒤돌아보는 새는
이미 죽은 새다.

내 마음의 창

당신을 괴롭히던 것들을 이제 놓아주세요.
그리고 여기, 당신의 평화로운 마음 밭에
당신을 쉬게 하셔요.

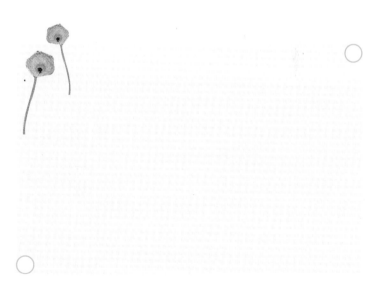

사랑이 울창한 숲으로

당신 마음속 푸르른 풀밭에는

사랑의 초목들이 자라나

이제 사랑의 울창한 숲을 이루었습니다.

당신은 이곳에서 거듭나고

진정한 평화를 맛보게 됩니다.

정(情)

— 조명희

강아지도 정들어 보아라
더러움보다 귀여움이 더할 테니
살모사도 정들어 보아라
미움보다 연민이 더할 테니.

끊을 수 없는 인연을 깁는 '연민'

사람의 남루함을
어루만질 수 있는 마음이 생기면
당신과 그 사람과의 관계는
서로를 떠나보낼 수 없는 인연으로 엮이게 됩니다.
'연민'은
사람의 영혼이
가장 초라해지는 순간,
감싸 안아 주고, 다독거리며 용기를 북돋아 줍니다.
그러나 연민 때문에 두 사람 다
망할 수도 있다는 것을 잊지 마셔요.

곰보딱지 사랑

곰보딱지 정은
떼려야 뗄 수 없는 정.
곰보 자국마다 사랑이
듬뿍듬뿍 담겨
빛나는 정.
새록새록 다시 솟는
깊디깊은 속정.

마음의 버팀목

사람은 유아기에 지속적으로
애정과 보호를 제공할
동일한 모성 대상을 갖지 못하면
정서적으로 불안정한 인격체로 성장합니다.
성인이 되어서도 사람은 감정적으로 지원해 주고
자신을 버텨 주는 애정의 버팀목을 갖지 못하면
자신에 대한 참사랑도 할 수 없게 됩니다.
사랑은 당신을 든든히 버텨 줄
마음의 버팀목이에요.
사랑하는 사람과 사랑의 울타리가 되어
세상을 버티는 힘이 되셔요.

내 영혼이 쉴 자리, 마음의 고향

사랑은
당신의 상처를 말끔히 씻어 냅니다.
세상의 온갖 번민과
세상의 온갖 아픔의 앙금과
세상의 온갖 힘겨움을 벗고
당신의 영혼은 이곳에 몸을 누입니다.
그곳에는 지상에서 얻을 수 있는
최고의 평안만이
당신을 어루만집니다.
그곳이 어디냐구요?
당신의 마음 밭입니다.
오, 평화스러워라.
이 마음!

언젠가 우리가 헤어질 사랑의 종점

어느 날 '인생의 끝나는 순간'을 떠올리고
사랑하는 둘이서 한 기차의 한 칸에 타고 있었지.
가야 할 곳이 각기 달라
한 사람은 앞 정거장에서 내렸지.
결국 '그동안'을 같이했다는 것을 아는 것.
그래서 사랑은
이 세상에서 가장 외로운 혼자만의 고통을
주기도 한다는 것을 아는 것.
그의 뒷모습이 어느 날 낯설고 쓸쓸해 보일 때,
그의 외로움의 밑바닥에
영원히 함께할 수 없는 '시간'에 대한 안타까움이
감추어져 있다는 것을 아는 것.
그 순간 아마 당신은 그를 사랑하는 마음,

그 모든 것을 다 느꼈다고 할 수 있을 거예요.
손 흔들고 돌아설 수 있는 여유
그러나 다시 돌아보지 않을 수 있는 지킴이 있어야
이별은 아름답습니다.

나의 완성을 위한 통로, 사랑의 숲

사랑이 익게 되면
당신은 자신이 지닌
최상의 능력을 발휘할 수 있지요.
사랑의 격려를 받은
당신의 자아는 쑥쑥 자라납니다.
드디어
강을 건너온 당신은
새로운 세상을 맞이합니다.

완전한 사랑에 관한 꿈

사랑의 굴곡진 구비구비를 돌아
절망의 가시밭길을 건너
상처로 오열하던 외롭고 춥던 강을
건너온 당신은
이제 완전한 사랑을 꿈꾸어도 좋습니다.
당신의 사랑은 시련 속에서 완성되었습니다.
사랑은 시멘트, 미움은 모래.
사랑만으로는 벽돌이 되지 못합니다.
미움만으로도 벽돌이 되지 못합니다.
둘이 합한 사랑은 강합니다.
오, 위대하여라. 사랑이여!
오, 위대하여라. 미움이여!
오오, 더 위대하여라.

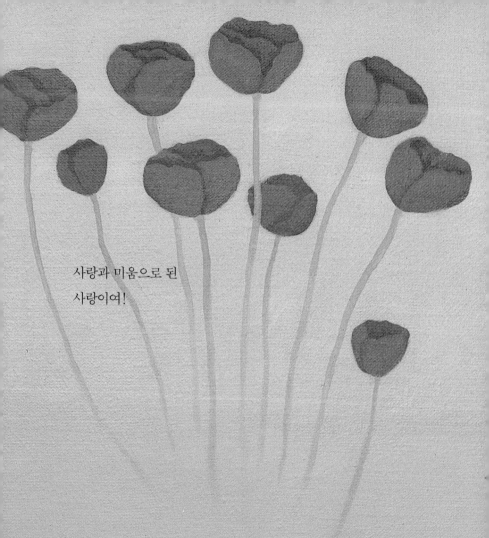

사랑과 미움으로 된
사랑이여!

깊고 어둡고 아름다운 사랑의 숲

사랑의 숲은
깊은 슬픔의 강이 있어
아름답고
어두운 골짜기가 있어
아름답고
그대가 세상을 품을 넉넉한 푸름이 있어
아름답습니다.
세상이여,
다 내게로 와서 안기라고
나의 푸르른
사랑의 숲에 안기라고
맘껏 외쳐 보셔요.
사랑이여!
사랑이여!
사랑이여!

내가 하고 싶은 '사랑'에 관한 말들

이제 이 빈 여백은
당신이 채워야 하지 않을까요.
사랑은 침묵이 아닙니다.

1946	전남 순천에서 출생
1971	동국대학교 국어국문학과 입학
1973	동화 〈꽃다발〉로 동아일보 신춘문예 동화부문 당선
1975	동국대학교 국어국문학과 졸업
1978	월간 《샘터》 편집부 기자
1982	샘터사 기획실장
1983	대한민국문학상(아동문학부문) 수상 ―《물에서 나온 새》
1984	한국잡지 언론상(편집부문) 수상 ― 월간 《샘터》
1985~1986	샘터사 출판부장
1986	새싹문학상 수상(제14회) ―《오세암》
1986~1995	샘터사 편집부장
1988	초등학교 교과서 집필위원
1988~2001	동화사숙 문학아카데미에서 후학 양성
1989	불교아동문학상 수상 ―《꽃그늘 환한 물》
1991	동국문학상 수상 ―《생각하는 동화》
1990~1997	평화방송 시청자위원
1991~1997	동아일보 신춘문예 심사위원
1990	세종아동문학상 수상 ―《바람과 풀꽃》
1992~1997	공연윤리위원회 심의위원
1995~2001	계간지 문학아카데미 편집위원
1995~2000	조선일보 신춘문예 심사위원
1995~1996	샘터사 기획실장(이사대우)
1996~2000	샘터사 주간

1998~2001	동국대학교 문예창작학과 겸임교수
2000	소천아동문학상 수상(제33회) —《푸른 수평선은 왜 멀어지는가》
2000~2001	샘터사 편집이사
2001. 1. 9.	별세
2001	《물에서 나온 새》 독일어판 출판
2002	《오세암》 애니메이션 상영(마고21)
2004	애니메이션《오세암》 프랑스 안시 국제애니메이션 페스티벌 대상 수상
2005	성장 소설《초승달과 밤배》 영화 상영
2005	정채봉전집 출간 시작

| 작품 연보 |

1983	물에서 나온 새 (샘터사, 대한민국문학상)
1986/2006	오세암 (창비, 샘터사, 새싹문학상)
1987/2006	초승달과 밤배 (전 2권, 까치, 샘터사)
1987	멀리 가는 향기 (샘터사)
1988	내 가슴속 램프 (샘터사)
1990	향기 자욱 (샘터사)
1991	나 (샘터사)
1992	이 순간 (샘터사)
1995	나는 너다 (샘터사)
1994	참 맑고 좋은 생각 (샘터사)
1989	꽃그늘 환한 물 (문학아카데미, 불교아동문학상)
1990	바람과 풀꽃 (대원사, 세종아동문학상)

1993	돌 구름 솔 바람 (샘터사)
1997	눈동자 속으로 흐르는 강물 (문학아카데미)
1988	숨 쉬는 돌 (제삼기획)
1996	간장 종지 (샘터사)
1993	바람의 기별 (생활성서사)
1989	모래알 한가운데 (두산동아)
1989	느낌표를 찾아서 (두산동아)
1992	내 마음의 고삐 (두산동아)
1993	가시 넝쿨에 돋은 별 (두산동아)
1990/2001	그대 뒷모습 (제삼기획, 샘터사)
1994/2001	스무 살 어머니 (제삼기획, 샘터사)
1996	좋은 예감 (샘터사)
1998	처음의 마음으로 돌아가라 (샘터사)
1999	눈을 감고 보는 길 (샘터사)
1996/2006	단 하나뿐인 당신에게 (청년사, 샘터사)
1997/2006	사랑을 묻는 당신에게 (청년사, 샘터사)
1997	침대를 버린 달팽이 (미세기)
1999	호랑이와 메아리 (대교출판)
1998	콩 형제 이야기 (대교출판)
1999	코는 왜 얼굴 가운데 있을까 (대교출판)
2000	푸른 수평선은 왜 멀어지는가 (햇빛, 소천아동문학상)
2000/2006	너를 생각하는 것이 나의 일생이었지 (현대문학북스, 샘터사)
2001	하늘 새 이야기 (현대문학북스)
2004	날고 있는 새는 걱정할 틈이 없다 (샘터사)

| 이수동 약력 |

1959	대구에서 출생
1986	영남대학교 미술대학 졸업
1989	영남대학교 미술대학원 졸업
1990~2005	개인전 17회, 2인전 3회, 3인전 4회, 그룹전 160여 회
1993~1997	화랑 미술제 참가 (예술의전당, 송아당화랑, 노화랑)
1995	'화상 10년의 눈' 전 (예술의전당)
	인물, 그 내면의 미학전 (갤러리타임)
1997	회화 속의 문학 정신전 (갤러리63)
1999	아! 대한민국전 (갤러리상)
1999~2004	화랑 미술제 참가 (예술의전당, 송아당화랑, 노화랑)
2000	PIKAF 참가 (부산 문예회관)
2001	Free Art Free전 (일본)
	인물과의 교감전 (현대아트갤러리)
2002	KIAF 참가 (부산 BEXCO)
2003	7인의 봄 나들이전 (송아당화랑)
2004	재현과 구현전 (대구 문화예술회관)
	찾아가는 미술관전 (국립현대미술관)
2005	KIAF 참가 (서울 COEX)
2006	맬버른 아트 페어 (오스트레일리아)
	시드니 아트 페어 (오스트레일리아)

정채봉의 '아름답고 지혜로운 사랑'을 위한 메시지

사랑을 묻는 당신에게

1판 1쇄 인쇄 2006년 8월 21일
1판 3쇄 발행 2020년 3월 10일

지은이 정채봉
그린이 이수동
펴낸이 김성구

단행본부 류현수 고혁 홍희정 현미나
디자인 이영민
제 작 신태섭
마케팅 최윤호 나길훈 김민지
관 리 노신영

펴낸곳 (주)샘터사
등 록 2001년 10월 15일 제1-2923호
주 소 서울시 종로구 창경궁로35길 26 2층 (03076)
전 화 02-763-8965(단행본팀) 02-763-8966(마케팅부)
팩 스 02-3672-1873 이메일 book@isamtoh.com 홈페이지 www.isamtoh.com

ISBN 89-464-1570-3 03810

이 도서의 국립중앙도서관 출판시도서목록(CIP)은 서지정보유통지원시스템 홈페이지(http://seoji.nl.go.kr)와
국가자료공동목록시스템(http://www.nl.go.kr/kolisnet)에서 이용하실 수 있습니다.
(CIP제어번호:CIP2006001723)

값은 뒤표지에 있습니다.
잘못 만들어진 책은 구입처에서 교환해 드립니다.